L'étranger du zephyr 3

Hana COLLECTION

www.boys-loves.fr

Adaptation graphique : Studiomoshi
Maquette : Justine Mouron
Traduit du japonais par : Aline Kukor
Responsable Editorial & Production : Anthony Graci

Dépot légal : Avril 2018
ISBN 978-2-36877-612-4

Imprimé par GZ Digital Media as

OUI, C'EST VRAI.
IL N'Y A RIEN DE TEL !

CES TEMPS-CI...
J'AI L'IMPRESSION QU'ON NE FAIT QUE DU BABY-SITTING...
... ET TRAVAILLER.
C'EST AGRÉABLE DE SE FAIRE UNE PETITE SORTIE...
... DE TEMPS EN TEMPS.

ET MAINTENANT...
... UN POINT DE VUE SUR LA VILLE DE NUIT ?
C'EST TROP FORT !
ON DIRAIT UN RENCARD.
C'EST UN RENCARD !

MONT HAKODATE
MAIS...
C'EST...
LE...
LE TÉLÉPHÉ-RIQUE !
APRÈS, ON IRA LÀ.
HM ?
OOOH !
WAAAOUH !

HEIN ?
HEIN ?
C'EST POUR QUOI, TOUT ÇA ? TU CHERCHES DE L'INSPIRATION POUR TON PROCHAIN ROMAN ?
ILS SONT DESCENDUS.
TU VEUX MANGER QUELQUE CHOSE ?
MANGEEER ! ♥♥♥♥
TADADAAA
BON APP' !!!
PREUVE DE SA MOTIVATION
TU AS AU MOINS AUTANT D'APPÉTIT QU'UN CHIEN, MA PAROLE...
AAAH

POOOOM
FAIRE UN TOUR EN BATEAU.
ボエー
POOOOOOM
HEIN ?
TENEZ-VOUS À LA RAMPE DE SÉCURITÉ
HEIIIIIIN !?

ON Y VA !
LAAAA LALA LAAA
LALA LAAA
HEIN ?
EUH, O.K.
LALA-LAAA
LAAAA LA-LAAA
LAAA LALA
AU FAIT...
OÙ EST-CE QU'ON VA ?

LAAAAA...
♪ LALALAAA... ♪
LAAAAALA... ♪
♪ LALALA...
SASA
SASA
SASA
♪ LAAA-LALAAA..
ザッ
ZOUP
DAAA ! ♪
ザッ
ZOUP
DAAA ! ♪
HÉ !
ザッ
ZOUP

L'ETRANGER DU ZEPHYR

Épisode supplémentaire

À suivre...

Cinq années se sont écoulées.
LA FERME !
JE T'AI DÉJÀ DIT DE NE PAS M'APPELER !
ESPÈCE…
… DE SALE HOMO !
C'est Fumi.
GROUILLEZ-VOUS DE RETOURNER DANS LE SUD ET DE DÉGAGER !
Fumi Hashimoto, 13 ans.
En pleine crise d'adolescence !!

NNGH !
BON, JE VAIS FAIRE UNE LESSIVE.
FUMIII !
DONNE-MOI TON LINGE SALE !
HÉÉÉ HOOO !

Je veux vivre des jours heureux.
Encore et encore, pour l'éternité.
HMM...

Je veux rire, pleurer...
TU ME FAIS TROP MARRER, MIO, JE TE JURE !
TU DEVRAIS VOIR TA TÊTE !
LA FERME !
... et que...
... ce quotidien se répète sans cesse, jour après jour.

HAHA !
TU ME FAIS QUOI, LÀ !?
... je désire, au fond...
C'EST...
UUH...
UUUGH...
TU...
TU VAS BIEN ?
... qu'est-ce que c'est ?
AHAHAH !
URGH !
UUUGH...

CRSH
CRSH
.....
JE ME SENS LAS.
PIRE QUE D'HABITUDE.
UUGH !
UUUUUUGH !
HEIN ?
QUOI !?
T'ES EN TRAIN DE VOMIR !?
UUUUGH
UUUUURGH !
ÇA VA !? QU'EST-CE QUI T'ARRIVE ?
Ce que...

HOP !
FROUSH
OOOH !
CRSH
C'EST FOU CE QUE ÇA BRÛLE BIEN, LE PAPIER JOURNAL !
CRSH

JE VIVRAI TRÈS, TRÈS LONGTEMPS.
HEIN ?
POURQUOI ?
JE N'AI PAS BEAUCOUP DE QUALITÉS...
... ET CONTRAIREMENT À CE QUE JE VOUDRAIS, JE NE PEUX PAS FAIRE GRAND-CHOSE POUR TOI.
LE MOINS QUE JE PUISSE FAIRE...
... C'EST DE NE PAS MOURIR LE PREMIER EN T'ABANDONNANT.

ILS SE FAISAIENT DU SOUCI.
FRSH
JE...
JE SAIS...
C'EST TROP LA LOOSE.
MIO...
JE TE PRÉVIENS...
CRSH
BON SANG !

... MON TRÈS CHER MIO.
HEIN ?
NE M'APPELLE PAS TON TRÈS CHER MIO, C'EST BIZARRE.
BOF...
IL A DÉJÀ ÉTÉ IMPRIMÉ, DE TOUTE FAÇON...
▼ UNE BELLE BROCHETTE DE TRAVESTIS !
TU SAIS, TOUTE LA BANDE...
HMM...
CE N'EST PAS POUR MOI...
... MAIS POUR TE VOIR, TOI, QU'ILS SONT VENUS.

MAIS...
TU VEUX UNE PATATE DOUCE ?
ぬっ
HEIIIN ?
ELLE EST CUITE.
CRSH
CRSH
TROP BON...
QU'EST-CE QUE TU BRÛLES ?
MON MANUSCRIT.
QUOI ? C'EST DOMMAGE !

ET POUR LES AUTRES, EH BIEN...
... NOUS FAISONS PARTIE DES CHOSES QU'ILS NE COMPRENNENT PAS.
ALORS ILS CHERCHENT UN MOYEN DE SE PROTÉGER, C'EST TOUT.
ET PUIS...
IMAGINE...
SI ON DEVAIT COMMENCER À SE JUSTIFIER AUPRÈS DE TOUT LE MONDE, CE SERAIT ÉPROUVANT, NON ?

LES GENS VONT SE METTRE À CROIRE TOUT ÇA ET À RACONTER N'IMPORTE QUOI !
ÇA VA PARTIR EN VRILLE !
TU SAIS, LES GENS COMME NOUS...
... N'ONT PLUS RIEN À ESPÉRER DE LA SOCIÉTÉ, IL EST TROP TARD.
FLAP
QUAND TU VOIS DES CHOSES QUE TU NE COMPRENDS PAS, TOI...
... ÇA NE TE FAIT PAS UN PEU PEUR ?

IL EST VRAIMENT TROP MARRANT.
C'EST UN BON ARTICLE.
SÉRIEU-SEMENT !?
JE NE VOIS TOUJOURS PAS CE QU'IL Y A DE DRÔLE !!
AH NON ?
IL N'Y A TOUT DE MÊME PAS DE QUOI PLEURER, ENFIN !
C'EST...
C'EST LEUR FAÇON D'ÉCRIRE LES CHOSES QUI ME DÉGOÛTE !

C'EST PARFAIT !
À MOURIR DE RIRE !
HA HA HA !
HEIN !?
JE NE VOIS PAS CE QU'IL Y A DE DRÔLE !
COMMENT ONT-ILS PU ÉCRIRE DES CONNERIES PAREILLES !?
J'AI CONTRÔLÉ L'ARTICLE AVANT QU'IL SOIT PUBLIÉ.
QUOI !!?

STAP
HÉ, SHUN !
TU AS VU...
... CE TORCHON !?
STAP
STAP
NON MAIS...
L'ÉCRIVAIN SUPPOSÉ GAY
RAPPORT D'UNE PETITE PARTOUZE !
APRÈS LE JOURNALISTE
FLAP
... QU'EST-CE QUE C'EST QUE ÇA !?
ILS N'AURAIENT PAS PU FAIRE PIRE !
DU DÉBUT À LA FIN...
FAIS VOIR ?
L'ÉCRIVAIN SUPPOSÉ GAY
RAPPORT D'UNE PETITE PARTOUZE !
CE N'EST QU'UN TISSU DE MEN-SONGES !

FSHH
FSHH
CRSH
CRSH
SHUN !!
FSHHH

BLA BLA
CRÉTIN ! ♪
DOM
CRÉTIN ! ♪
DOM
BLA BLA
EH OUI !
BLA BLA

DOM
TOI AUSSI MIO...
... TU AS TROP BU !
NON, JE N'AI PAS...
... BU...
SI, CROIS-MOI, TU ES SAOUL.
BLA BLA
MIOOOO !
BLA BLA
HMMM...

SMACK
AH LÀ LÀ...
SMACK
HMMM ! ♥
VOILÀ...
TU ES BOURRÉE...
OOOH !
AAH !
VROUSH
NE REGARDE PAS ÇA !
OUAAAH !
DOM
JE VEUX VOIIIR !
NOUS SOMMES ENTOURÉS D'IDIOTS.
HA HA
SMACK
SMACK
BROUHAHA
C'EST PAS FAUX !

DOM
.....
BROUHAHA
BLA BLA
BON GARÇON ! ♥
BLA BLA
DOM
QU...
QUE VOUS ARRIVE-T-IL ?!
BROUHAHA
BLA BLA
T'ES BIZARRE, MAMAN.
BLA BLA

Le manuscrit original a été totalement revu, c'est encore meilleur !
Ah bon ?
C'EST LUI, LE FAMEUX GARÇON ?
HEIN ?
AH, OUI.
.....
IL M'A L'AIR UN PEU FAIBLARD.
POUR UN GARÇON HÉTÉRO, IL VAUT MIEUX ÇA QUE LE CONTRAIRE !!
ALLONS !
NE LE DÉVISAGE PAS COMME ÇA.
ENFIN...
SI TOUT SE PASSE BIEN, C'EST LE PRINCIPAL.
TU TE PORTES MIEUX QUE JE L'IMAGINAIS.

C'EST QU'IL Y A PLEIN DE JOLIS GARÇONS, ICI ! ♥
Je n'en ai définitivement plus rien à faire...
Plus rien ne m'atteint...
JE PEUX M'ASSEOIR À CÔTÉ DE TOI, MON CHOU ? ♥
ALORS, TOUT VA BIEN ?
HEIN ?
ぐっ
TU ES SÛR ?
OUI...
TOUT VA BIEN...
HEIN ?
MAIS OUI !
TU N'AS PAS BONNE MINE, TU AS L'AIR FATIGUÉ.
ON T'A VU À LA TÉLÉ !
NOTRE PETIT MIO...
... EST DEVENU UNE CÉLÉBRITÉ ! ♥

IL FAUT QU'ON SE CASSE.
ON PEUT DIRE QU'ON DOIT ALLER AUX TOILETTES...
PSST PSST
OUI, VOUS NE POUVEZ PAS VOUS TROMPER.
C'EST JUSTE À CÔTÉ.
À QUOI BON... ÇA M'EST COMPLÈTEMENT ÉGAL, À PRÉSENT...
AH !
ON A TROUVÉ !
JE VOIS MIO !
HEIN ?
QU'EST-CE QUE VOUS FAITES ICI !? ET LE BAR !?
ガタン
CLANG !
COUCOUUUU, C'EST NOUUUUS ! ♥
TADAAA
TADAAA
C'EST LA FERMETURE ANNUELLE D'ÉTÉ !
COMMENT ÇA VA !?
TADAAA

UNE AVOCATE...
YONE
OUI, YONE EST INCROYABLE !
RIEN NE L'ARRÊTE JAMAIS !
SI VOUS AVEZ BESOIN D'UN AVOCAT UN JOUR...
... N'HÉSITEZ PAS À M'APPELER !
ZWOUP
?
....
TU LU LU LUT
ERI, TON TÉLÉPHONE SONNE.
OH !
VOUS ÊTES VRAIMENT VENUS, ALORS ?
OUI, TOUT VA BIEN. ON EST DANS UN RESTO CHINOIS SUR L'AVENUE PRINCIPALE.

C'EST BIEN VOUS !
JE...
SI VOUS SAVIEZ !
JE...
SNIF
J'AI LU TOUS VOS ROMANS...
... DEPUIS VOS DÉBUTS...
AAAAH !
C'EST UNE DE TES PLUS GRANDES ADMIRATRICES.
CHACUN DE VOS OUVRAGES, C'EST FANTASTIQUE ! J'AI PARTICULIÈREMENT AIMÉ VOTRE DERNIER TITRE,
DÉSOLÉ...
TELLEMENT AGRÉABLE À LIRE ! EN PARTICULIER CE PASSAGE,
WAOUH....
AH !
JE...
JE SUIS VRAIMENT NAVRÉE, JE NE ME SUIS PAS PRÉSENTÉE !
JE SUIS L'ÉPOUSE DE WADA !
YONE
CABINET D'AVOCAT WADA
YONE WADA
RAVIE DE FAIRE VOTRE CONNAISSANCE.
ZOUP

QU'EST-CE QU'ON FAIT ?
VU NOTRE ÉTAT ET CELUI DE TON TÉLÉPHONE...
... ON SE TIRE DÈS QU'ON EN A L'OCCASION.
PSST
PSST
BIENVENUE !
WOOSH
VOTRE TABLE EST PAR LÀ.
PAAAH
MAMAN !!
OH !
LA VOILÀ JUSTEMENT QUI ARRIVE !
AU FAIT, HASHIMOTO !
JE TE PRÉVIENS TOUT DE SUITE...
MON...
PAAAH
C'EST UNE...
MONSIEUR HASHIMOTOO ! ♥

DOOOOM
… C'ÉTAIT PAS TRÈS MALIN, CE QUE VOUS AVEZ FAIT.
.....
TANT QU'À FAIRE, ESSAYEZ DE RÉFLÉCHIR UN PEU PLUS LA PROCHAINE FOIS.
ET TA FEMME ?
ELLE NOUS REJOINDRA APRÈS SON BOULOT.
ET DONC ?
QUI C'EST AU JUSTE, CES DEUX TYPES ?
EUH… DES JOURNALISTES, JE CROIS.
.....
AH, JE COMPRENDS MIEUX !
ÇA VOUS APPRENDRA.

AAH…
DÉSOLÉ.
JE LES AI ÉTALÉS SANS RÉFLÉCHIR.
だいこん
レタス
CLING
ET PUIS D'ABORD…
PAOPA

AH !
CRÉTIN ! IL FALLAIT COUPER LE SON !!
ENCORE CES TYPES LOUCHES !!!
CLANG
DASH
AAAAH !
FONCE, FUMI !
BIEN REÇU !
BOM
GYAAAAAH !
OUAH !
QUI VOUS A PERMIS DE PRENDRE DES PHOTOS !?
HM ?
CLIIING

EN Y RÉFLÉ-CHIS-SANT...
... ÇA FAIT UN BAIL QUE JE N'ÉTAIS PLUS SORTI MANGER UN MORCEAU.
TIENS !
FAIS « AAAAH » ! ♥
C'EST UNE CREVETTE ! ♥
GYAAAH
......
UUH -- !
COUPLE DE DÉBILES !!
C'EST QUOI, ÇA !?
T'ES BOUR-RÉ ?
RENTRE CHEZ TOI !
PIIIH
FLASH
FLASH
FLASH

.....
ERI !!
C'EST QUOI CE RASSEMBLEMENT, SÉRIEUSEMENT ?
GRAAAAAH !
WADA VA NOUS REJOINDRE AUSSI AVEC SA FAMILLE !
ON VA FAIRE LA FÊTE !
TAP TADADAP
ON VA FAIRE LA FÊTE !
POUR QUI ELLE SE PREND...
... CETTE FILLE !?
TADADAP
PAOPA
HEIN ?
AVEC SA FAMILLE !?
SA FEMME ET CHIHO, OUI.
HEIN ?
PLUS ON EST DE FOUS, PLUS ON RIT !
POURQUOI !?
J'ARRIVE !!
AH, ON VA COMMANDER !
ON VOUDRAIT TOUT LE MENU DU DÉBUT À LA FIN, S'IL VOUS PLAÎT !
Hein... ?
OUAIIIS

AH !
DOOOOM
DIS DONC, TOI !
TU POURRAIS ÊTRE UN PEU PLUS AIMABLE !
ERI !
SURSAUTE
VOILÀ POURQUOI...
AH
... TU TE FAIS PLAQUER LE JOUR DE TON MARIAGE !
HÉ !
JE TE REMERCIE...
... POUR CETTE REMARQUE INUTILE ET TRÈS MAL VENUE.

La tutrice.
.....
JE VOUS PRÉSENTE SAKURAKO ! ♥
AAH !
VOUS VOILÀ ! QU'EST-CE QUE VOUS BUVEZ ?
OH !
ALORS, EUH...
CLANK
HMM...
VOICI DONC LA FAMEUSE SAKURAKO.
Elle l'ignore complètement.
UN THÉ VERT, POUR MOI.
UN JUS D'ORANGE !

TU TE FOUS DE MOI !?
MOI AUSSI !
JE VEUX VENIR AVEC VOUS !!
TRY
YO ! C'EST FUMI !
DÉSOLÉ MON GRAND. ♥
MAIS POUR TOI, IL VA ÊTRE L'HEURE D'ALLER AU LIT.
HEIIIIIN !?
BEUUUH
HUHUUU
LES ENFANTS NE PEUVENT SORTIR LE SOIR QUE S'ILS SONT ACCOMPAGNÉS D'UN TUTEUR. ♥
UN TUTEUR !?
EH OUI ! ♥
UN TUTEUR...
HMMM...

BON, PAS-SONS AUX CHOSES SÉRIEUSES !
TIENS !
FRSH
HEIN ?
UNE DÉDICACE, S'IL TE PLAÎT ! ♥
ON EN A ENCORE PLEIN !
POURQUOI AUTANT !?
ON LES REVEND SUR INTERNET.
ET PUIS...
TOUTE LA BANDE EN A DEMANDÉ UN EXEMPLAIRE.
Les copains travestis
MAIS C'EST QUI, « TOUTE LA BANDE », AU JUSTE !?
MERCIIIII !
ON VA ALLER BOIRE UN VERRE, TU AS 10 MINUTES POUR TERMINER.
IL Y A 100 EXEMPLAIRES.
PARCE QUE TU CROIS QUE C'EST POSSIBLE !?

シャラ TADAAAAAM
C'EST NOUUUS !!!
SUZU… ♥
… ET ERI !
ALORS, LA FORME ?
IL FAIT ENCORE FRAIS À HOKKAIDÔ !
C'EST LE PIED !
VOUS AURIEZ QUAND MÊME PU PRÉVENIR !
CE QUE TU AS GRANDI !
C'EST TA FAUTE, TU ES LE SEUL DE LA FAMILLE À NE PAS ÊTRE PASSÉ À LA TÉLÉ !
BOBOM
BOBOM
BROUHAHA
REGARDE-MOI ÇA COMME TU ES GRAND !
BROU-HAHA

AH...
D'ACCORD...
DING DOOOONG
DING DONG
HM ?
DING DONG
DING DONG
DESTROY
EUH...
VOUS AVEZ...
... DE LA VISITE, TOUS LES DEUX.

CRR
J'AI L'HABITUDE !
TE VOIR TE LAMENTER...
... COMME UN BON À RIEN...
... C'EST 100% NATUREL !
SHAAAANG

BOM
QU...
BOM
QUOI ?
BOM
DÉSOLÉ...
JE SUIS TROP NUL.
NE T'EN FAIS PAS POUR ÇA ! DE TOUTE FAÇON...
... JE NE T'AI JAMAIS TROUVÉ PARTICULIÈREMENT CLASSE.

YEAAAAAAH !
SHAAAANG
DESTROY
BAM
DESTRO
RAAAAAH!!
C'EST PAS VRAIII !!

YEAAAAH !
SHASHA SHAAAAANG
SHANG
SHANG ♪
DROITS D'AUTEUR, DROITS D'AUTEUR...
... HAPPY ! ♪
SHANG
LA SUITE ?
SHANG
SHANG
SHANG
HEIN !?
LES...
LES DROITS D'AU-TEUR...
... ME FONT...
... PLAI-SIR...
SHANG ♪
... MAIIIS...
SHANG
... CE MONDE...
... N'EST QUE DE LA MERDE. ♪
DE LAAAAA...
... MEERDE ! ♪
SHANG ♪
DE LA MERDE !
SHANG
DE LA MERDE !
DE LA MERDE !
OUIII, DE LA GROSSE MEEEERDE !!
SHANG
SHANG ♪

HEIIN ?
BEN QUOI, TU VEUX DEVENIR UN ROCKEUR MONDIALEMENT CONNU, NON ?
MONTRE-MOI TES PROGRÈS.
ALLEZ...
JE NE VEUX PAS DEVENIR ROCKEUR, NON !
HMM...
SHAAANG
SHANG
TOUT... ♪
SHANG
TOUT PLEIN...
... D'AR-GEEENT ! ♥
ET PLEIIIN... ♥
... DE BON-HEUUUR !
SHANG
SHANG
RE-TROUUUVE... ♪
RE-TROUVE...
... LE SOURIRE !
SHANG
SHANG

... ILS S'EN CONTREFICHENT !
OUIIIN !
ÇA M'EST ÉGAL !
OUAIS, COMPLÈTEMENT ÉGAL !!!
SHUN ! QUE SE PASSE-T-IL ?
QU'EST-CE QUI T'ARRIVE ?
C'EST QUE DE LA MERDE !
SHUN...
MIOM
MIOM
CHANTE-MOI UN TRUC.
T'ES CRADE.
PFRRT !
HEIN ?!

EH OUAIS, QU'EST-CE QUE TU VEUX !
TOUT ÇA PARCE QUE MON ROMAN SE VEND BIEN ? PARCE QUE JE DÉBUTE ? PARCE QUE JE SUIS GAY ?
À MOINS QUE ÇA NE SOIT PARCE QUE J'AI PLAQUÉ MA FIANCÉE LE JOUR DU MARIAGE ?
OU PARCE QUE JE VIS CHEZ MES PARENTS AVEC MON COMPAGNON (QUI EST UN HOMME) ?
DU CONTENU DE PREMIER CHOIX POUR UNE ÉMISSION DE VARIÉTÉ DE DÉBUT D'APRÈS MIDI, C'EST CLAIR !
DESTROY
COMMENT ILS SONT AU COURANT DE TOUT ÇA ?
GRÂCE AUX RÉSEAUX SOCIAUX OU À D'ANCIENS CAMARADES DE CLASSE, SANS DOUTE !
J'EN SAIS RIEN !
PAR CONTRE, ILS NE POSENT AUCUNE QUESTION…
… À PROPOS DU CONTENU DE TON ROMAN, ALORS QUE C'EST QUAND MÊME LE PLUS IMPORTANT.
HEIN ?
NAN, ÇA, LE CONTENU…

GH !
DU SOUCI !?
HA !!
TU RESTES TOUT LE TEMPS ENFERMÉ...
TU ES SÛR QUE ÇA VA ?
PAR-FAI-TE-MENT !
JE COMMENCE DÉJÀ À TOUCHER DES DROITS D'AUTEUR !
YEAAAAH
CEUX DE TON NOUVEAU ROMAN ?
EH BEN...
MOI, DE MON CÔTÉ...
... JE ME SUIS FAIT ABORDER PAR DES GENS DE LA TÉLÉ, DES GENS DE JE NE SAIS QUEL MAGAZINE...
... ET AUSSI PAR DES LYCÉENNES.
WA HA HA !
C'EST DINGUE !

QUI VEUT MANGER...
... UN GÂTEAU DU STARBUCKS ?
MOI !
QU'EST-CE QUE TU REGARDES ? UN DVD ?
UNE CASSETTE VIDÉO, VHS.
J'EN AI MARRE DES CHAÎNES TÉLÉ.
MAIN-TENANT, À SHUN !
.....
MAIS, C'EST TOI ! TROP CHOU !
TU ÉTAIS ENCORE PARTI BOIRE UN THÉ AVEC WADA ?
OUAIP !
ALLONS, ALLONS !
IL SE FAIT DU SOUCI POUR TOI.
JE VEUX PAAAS !
OUIIIIN !

KATAM
.....
MONSIEUR HASHIMOTO !
KATAM
VOUS AURIEZ UNE MINUTE ?
S'IL VOUS PLAÎT !
IL EST ENCORE PLUS BEAU QUE DANS LA VIDÉO.
ET COMMENT !
LES CÉLÉBRITÉS...
... ONT LA VIE DURE.
GYAAAH
IL EST TROP MIGNON !
QUEL GÂCHIS !
OH ! VITE, UNE PHOTO !
HOP LÀ !
FLASH
FLASH
FLASH
GYAAAH

J'AURAIS PEUT-ÊTRE PLUTÔT DÛ PRENDRE DU PUDDING ?
KATAM
FRSH
KATAM
KATAM
HEIN ?
REGARDE ! IL VIT À HAKODATE !
TU SAIS, CE TYPE DONT TOUT LE MONDE PARLE EN CE MOMENT.
AH !
J'EN AI ENTENDU PARLER.
L'ÉCRIVAIN GAY, C'EST ÇA ?
OUI IL VIT CHEZ SA FAMILLE AVEC SON COMPAGNON.
C'EST LUI, SON COMPA-GNON ?
ATTENDS, ON VA VOIR SA TÊTE...
AH !
IL EST MIGNON !
JE DOIS ALLER BOS-SER...
DÉSO-LÉ !
QUEL GÂCHIS !
C'EST DOMMAGE !
JE NE PARLE PAS AUX INCONNUS !!

ON DIRAIT PRESQUE UNE SÉRIE TÉLÉ.
C'EST DE LA MERDE.
Vous n'êtes pas fatigués de venir tous les jours ?
Voulez-vous une tasse de thé ?
Hein ?
NE PARLE PAS COMME ÇA, SHUN.
ET TOI, NE LEUR PARLE PAS COMME ÇA À EUX !!
EXCLUSIVITÉ
LE NOUVEL ÉCRIVAI
EN VOGUE !
BEN QUOI !
ILS ME FAISAIENT DE LA PEINE À NE RIEN RÉCOLTER D'INTÉRES-SANT !
SI SEULEMENT TU DAIGNAIS SORTIR...
C'EST TOUT CE QUE ÇA TE FAIT !?
RAAAH !
TU POURRAIS T'INQUIÉTER UN PEU PLUS POUR TON FILS, NON MAIS !
TING
TING
KATAM
KATAM

JE NE SAIS PAS SI JE L'ENVIE…
… OU SI JE LE PLAINS.
CRICRI CRIII
ÇA NE DOIT PAS ÊTRE FACILE TOUS LES JOURS !
CRICRI CRIII
Voici donc…
… l'endroit où travaille…
… Shun Hashimoto, le nouvel écrivain en vogue.
Ah !
Êtes-vous ce fameux compagnon dont tout le monde parle !?
Je dois aller bosser…
Désolé !
EXCLUSIVITÉ !
LE NOUVEL ÉCRIVAIN
Excuse-moi, mon garçon ! ♪
Tu aurais une minute ?
GRRR
JE NE PARLE PAS AUX INCON-NUS !!
EXCLUSIVITÉ !
LE NOUVEL ÉCRIVAIN EN VOGUE !

COMMENT VA MONSIEUR L'ÉCRIVAIN HASHIMOTO ?
AUSSI BIZARRE QUE ÇA PUISSE PARAÎTRE, ÇA N'A PAS L'AIR DE LE PERTURBER.
AH BON...
DOMMAGE POUR LUI QU'IL NE PUISSE PAS SORTIR.
ALORS ?
QU'EST-CE QUE ÇA DONNE ?
?
ÇA LE REND HEUREUX QUE SON ROMAN SE VENDE BIEN ?
EH BEN...
JE ME LE DEMANDE !
MOUAIS, JE M'EN DOUTAIS.
ÇA NE M'ÉTONNE PAS.
WAHA HA !

AH LÀ LÀ...
BON !
AU MOINS JE SAIS QUE JE DEVRAI SORTIR PAR DERRIÈRE POUR ALLER PROMENER POCO. ♪
AH !
NE T'EN FAIS PAS TROP POUR ÇA !
ILS VONT TRÈS VITE SE LASSER, ÇA NE DURERA PAS.
ELLE A UNE SACRÉE VOLONTÉ, SA MÈRE...
PAS VRAI ?
À QUI LE DIS-TU...

HEIN ?
JE NE VOIS PAS POURQUOI UN ÉCRIVAIN DEVRAIT PASSER À LA TÉLÉ.
C'EST SÛREMENT POUR SE MOQUER DE MOI, DE TOUTE FAÇON.
CRICRI CRIII
CRSH
CRICRI CRIII
DÉSOLÉ MAIS ÇA NE M'INTÉRESSE PAS.
CRICRI CRIII CRIII
VOUS POUVEZ TOUT REFUSER.
CRICRI CRIII
OH !
TU N'AS ACHETÉ QUE DE BONNES CHOSES, DIS DONC.
HOP
HEIN ?
AH !
VOUS EN VOULEZ ?
IL Y EN A POUR MOI ?
FRSH
ÇA A ÉTÉ, AUJOURD'HUI ?
JE ME SUIS FAIT COINCER JUSTE DEVANT L'ENTRÉE.

BONJOUR !
URGH !
VOUS ÊTES BIEN LE COMPAGNON DE L'ÉCRIVAIN HASHIMOTO, N'EST-CE PAS ?
CRICRICRIII
ENCORE !?
EST-CE QUE VOUS AURIEZ...
HOCHE
... QUELQUES MINUTES À NOUS ACCORDER ?
SHUN...
TAP
J'AI ACHETÉ DE LA GLACE !
TAP
CRICRI CRIII
CRICRI CRIII
IL SERAIT TEMPS QUE TU SORTES UN P...

CRICRICRIII
L'ÉTÉ PAR ICI...
GRIIISH
CRICRICRIII
... EST AGRÉABLEMENT FRAIS.
C'EST COOL, LA GLACE NE FOND PAS DIRECTEMENT. ♪
#12
L'étranger du zéphyr
FLASH !
FLASH !
FLASH !

PERSONNELLEMENT...
JE N'Y COMPRENDS PAS GRAND-CHOSE, MAIS...
... TOUT CE QUE JE SAIS, C'EST QUE SHUN SERA HEUREUX SI ÇA SE VEND BIEN.
JE N'ARRIVE PAS À SAVOIR SI VOUS ÊTES INSOUCIANTS...
... OU JUSTE COMPLÈTEMENT DÉSINVOLTES.
TONE
VOUS DEUX, ALORS...
... JE VOUS JURE !

AH OUI ?
C'EST PLUTÔT BON.
JUSQUE-LÀ, J'AVOUE QUE JE NE COMPRENAIS PAS GRAND-CHOSE À SES ROMANS.
JE SUIS UN PEU SURPRIS, CETTE FOIS.
À MON AVIS...
... ÇA DEVRAIT BIEN SE VENDRE.
OOOH...
ENFIN BON, DE NOS JOURS, C'EST PLUTÔT COMPLIQUÉ...
... DE SORTIR UN BEST-SELLER.
HMM...

TU T'ES DÉBROUILLÉ À LA PERFECTION.
VOUS ÊTES BIEN LE COUPLE LE PLUS LOUFOQUE DE LA RÉGION.
N'EXAGÈRE QUAND MÊME PAS !
HÉHÉ !
CE N'ÉTAIT PAS UN COMPLIMENT.
IL N'ÉCOUTE PAS.
AH !
C'EST LE NOUVEAU ROMAN DE SHUN ?
ON A REÇU NOTRE EXEMPLAIRE AUSSI.
OUI, TU L'AS DÉJÀ LU ?
JE L'AI LU QUAND IL A ÉTÉ PRÉ-PUBLIÉ EN MAGAZINE.
IL A ÉTÉ ENTIÈREMENT MODIFIÉ.

NON...
C'EST PAS ÇA...
HEIN ?
PSST
HAAN
HAN
PSST
HAN
HAAN
PSST
BEN QUOI, ALORS ?
AU CONTRAIRE...
C'ÉTAIT BON...
DU DÉBUT À LA FIN...
ENFIN, TU VOIS...
!
HEIN ?
C'EST PAS VRAI !
HAN
HAN
.....
SI, JE TE JURE...

UH...
QU'EST-CE QUE... ?
ÇA CRAINT...
UUH...
HAN
AH !
HAN
CUI
.....
CUI
CUI
ÇA...
ÇA VA ?
.....
TU ES BIZARRE !

SHUN...
JE VAIS TE PÉNÉTRER...
OCCUPE-TOI TOI-MÊME DE L'AVANT.
HEIN ?
TANT QU'À FAIRE...
UUH...
AUTANT QUE ÇA TE DONNE DU PLAISIR À TOI AUSSI.
AH !
AAH...

NH...
PLUSH
NNH !
TU CROIS... QUE ÇA NE TE PROCURERA JAMAIS DE PLAISIR, PAR DERRIÈRE ?
.....
GLOUPS

.....
HAN
HAN
HAN
HAN

C'EST PAREIL POUR TOUS LES GAYS ?
JE NE SAIS PAS TROP POUR LES AUTRES...
CE N'EST PAS SI SIMPLE.
TOUT LE MONDE EST DIFFÉRENT.
JE VOIS...
TU AS RAISON !

MÊME AVEC LES HOMMES, ALORS ?
EXACT.
C'EST TOUT ?
OUI, C'EST TOUT.
ÇA VIENT D'UN TRAU-MATISME ?
NON, AB-SOLUMENT PAS.
IL N'Y A PAS DE RAISON PARTICULIÈRE.
JE SUIS NÉ COMME ÇA...
... UN POINT C'EST TOUT.

MAIS QUAND ÇA T'ARRIVAIT...
... TU DEVAIS TE SENTIR BIZARRE, HEIN ?
C'EST ASSEZ DIFFICILE À SUPPORTER, PARFOIS.
ET TOI, SHUN, QU'EST-CE QUE TU N'AIMAIS PAS AVEC LES FILLES ?
LA PÉNÉTRATION, TOUT SIMPLEMENT.
OH...

QUAND JE ME PRÉPARAIS À FAIRE L'AMOUR AVEC UNE FILLE...
... À CHAQUE FOIS, MON TRUC... TU VOIS DE QUOI JE PARLE... SE RAMOLLISSAIT.
JE VOIS DE QUOI TU PARLES. OUI...
AH, OUI...
TU GÉRAIS MAL LA PRESSION.
JE CO...
LES FILLES EN MANQUE DE SEXE...
AAARGH
... SONT FLIPPANTES, TU NE TROUVES PAS !?
ÇA ME FOUTAIT TROP LA TROUILLE.
BIZARRE-MENT...
... JE ME DÉBROUILLE BEAUCOUP MIEUX AVEC TOI.
HA HA HA
BAH...
JE SUPPOSE QUE C'EST UNE QUESTION DE MOTIVATION ET D'AUTOSUG-GESTION...
TU M'IMPRES-SIONNES.

HAN
HAN
TU TENAIS LE MÊME RYTHME AVEC LES FILLES ?
HAN
HAN
HEN... ?
Han
HAN
.....
C'EST QUOI CETTE TÊTE !?
HAN
EN FAIT...

(* Ils l'ont fait tout de suite en arrivant.)
ET ON NOUS APPORTE MÊME LES REPAS ! ♥
.....
DOOOM
QUOI, TU N'AS PAS ENVIE ?
NAN...
J'AI JAMAIS DIT ÇA.
ÉVIDEMMENT QUE J'EN AI ENVIE.
(* tout de suite)
J'EN AI MÊME CARRÉMENT ENVIE.
C'EST JUSTE QUE... DIS-MOI...
(* en arrivant.)

IL N'Y A...
... PAS UN CHAT À L'HORIZON !
ÇA FAIT AU MOINS 15 MINUTES QU'ON SQUATTE LES BAINS CHAUDS.
C'EST TROP MORTEL ! ♥
MOUAH AHA!
C'EST UN ENDROIT SUPER-TOURISTIQUE.
PAS DE LOVE HOTELS ICI, JUSTE DES HÔTELS NORMAUX !
PLIC
PLIC
ON AURAIT DÛ...
... VENIR ICI DÈS LE DÉPART !
ON POURRA ENCORE FAIRE L'AMOUR SANS ÊTRE DÉRANGÉS EN SORTANT DU BAIN !
PAAAH

TING
DES CREVETTES !!!
.....
ILS EN ONT DE LA CHANCE...
C'EST CHOUETTE, UN PETIT SÉJOUR EN TÊTE-À-TÊTE AUX SOURCES CHAUDES.
DES CREVETTES !!
LA MORTE-SAISON...
CLONK ♡
... C'EST LE PIED ! ♥

HAN
Han
C'EST MALIN...
J'AI ENVIE DE CONTINUER, MAINTENANT.
MOI AUSSI...
MAIS...
... LE TEMPS DU RÊVE TOUCHE À SA FIN POUR CENDRILLON !!!
C'EST MOI !
C'EST FUMI !
JE VAIS RENTRER !
JE VAIS
C'EST FUMI !
HAN
HAN
HAN
À QUELLE HEURE TU COMMENCES, DEMAIN ?
HEIN ?
JE SUIS EN CONGÉ.
PARFAIT !
WOOSH
DANS CE CAS...

TU ES TROP MIGNON, TU LE SAIS, ÇA ?

MIO...
REGARDE-MOI...
PAS QUESTION.
REGARDE-MOI !
LÂCHE-MOI !

ÇA ME FOUT CARRÉMENT LES NERFS.
C'EST TOUT.
NE...
NE ME REGARDE PAS COMME ÇA !
BEN, C'EST PARCE QUE TU TE CACHES !

……
QUOI ?
ALLEZ, QUOI ?
RIEN, LAISSE TOMBER...
MIO ?
ÇA ME FOUT...
... CARRÉMENT...
CARRÉMENT ?

QUOI, ENCORE...
J'AI FAIT QUELQUE CHOSE DE MAL DANS LE PASSÉ ?
DOOOM
POURQUOI ?
HEIN ?
BEN, PARCE QUE !
TU AS DE VRAIS AMIS, SHUN !
ET PUIS...
... JE ME SUIS RENDU COMPTE QUE JE SUIS CELUI QUI TE CONNAIT LE MOINS.
TU VOIS ?
NON, EN FAIT...
CE QUI ME DÉRANGE LE PLUS...
C'EST DE ME DIRE QUE LUI CONNAIT DES CHOSES À TON SUJET...
... QUE VOUS ÊTES LES SEULS À SAVOIR.

WADA M'A RACONTÉ PLEIN D'HISTOIRES...
WADA
... DE VOTRE ADOLESCENCE.
QUOI !?
COMMENT ÇA SE FAIT !?
ON VA PRENDRE LE THÉ ENSEMBLE, DE TEMPS EN TEMPS.
VOUS ÊTES DEVENUS COPAINS !?
J'Y CROIS PAS !
ARRÊTE ÇA TOUT DE SUITE !
ET AU FUR ET À MESURE...
... ÇA M'A FOUTU EN ROGNE.

… QUE JE N'AIME PAS TANT QUE ÇA ÉCRIRE.
J'AI HORREUR DE ME FORCER À FAIRE QUELQUE-CHOSE.
ÇA VA ME FAIRE MOURIR, UN DE CES JOURS.
JE PRÉFÈRE ENCORE DÉGOTER UN JOB ORDINAIRE.
JE NE COMPRENDS SANS DOUTE PAS PARFAITEMENT TA SITUATION, MAIS…
… POURQUOI PAS ? SI C'EST CE QUE TU VEUX.
HMM…
JE TE REMERCIE.
C'EST RIEN.
AU FAIT, L'AUTRE JOUR…
POURQUOI TU ÉTAIS EN COLÈRE ?

SHUN ?
T'ES OÙ ?
OH !
SHUUUN ?
STAP
STAP
TIENS ?
ET TON BOULOT ?
J'AI TERMINÉ.
JE DEVRAIS PEUT-ÊTRE ALLER CHERCHER DU TRAVAIL ?
HEIN ?
POURQUOI !?
À BIEN Y RÉFLÉCHIR...
... JE CROIS...

OUAH !
NE FRONCE PAS LES SOURCILS COMME ÇA, VOYONS !
ÇA VA TE LAISSER UNE GROSSE RIDE.
ことは
ヤノくんの
ドラマ化
IL Y A UN PROBLÈME ?
CRUNCH
LE MANUSCRIT FINAL EST ARRIVÉ.
CRUNCH
OH ! MAIS C'EST UNE EXCELLENTE NOUVELLE, ÇA !
C'EST LE 5E MANUSCRIT QU'IL NOUS ENVOIE AU TOTAL ET, EN PLUS, IL AVAIT JUSQU'À LA FIN DU MOIS PROCHAIN POUR RENDRE LE DÉFINITIF.
EH BEN DIS DONC, IL EST BIEN DANS LES TEMPS, CETTE FOIS !
TU L'AS DÉJÀ LU ? C'EST COMMENT ?
VRAIMENT PAS MAL... !
ON PARLE BIEN DE HASHIMOTO, LÀ !?
EH BIEN JE NE VOIS PAS OÙ EST LE PROBLÈME, ALORS.
Je compte sur vous ! ♡ Hashimoto
TOUT SE PASSE TROP BIEN...
JE FLIPPE COMPLÈTEMENT !

Finalement, Shun lui a achetée.
LALALAAAA LAAALALA
DLING DLING
DYUUUNG
DZ
ALORS, COMMENT TU TROUVES L'AMPLI ?
TROP GÉANT !
HMM...
CONTENT POUR TOI.
DYUUUNG
DZANG DZANG

DZIIIII
OH !
JE VAIS AUGMENTER LE VOLUME.
ON PEUT AJOUTER DES EFFETS.
DZWAAAANG
OOOH !
GYUUUNG
GYUUUNG
HAN
HAN
HAN
HAN

C'EST TA PREMIÈRE GUITARE ?
OUI.
C'EST UNE SECONDE MAIN MAIS ELLE EST EN PARFAIT ÉTAT.
JE VOIS.
–TIENS.
HEIN ?
JE VAIS TE LA BRANCHER.
NE BOUGE PAS.
DE...
DE QUOI J'AI L'AIR !?
JUSQUE-LÀ TU TE DÉBROUILLES BIEN.
PFFT !
ÇA LE FAIT !
TU PEUX GRATTER LES CORDES.
HEIN ?
DZIII !
HEIN ?

POURQUOI TU NE L'ACHÈTES PAS ?
ON A UN AMPLI À LA MAISON.
NAN... C'EST BON.
JE NE VAIS SÛREMENT PAS CONTINUER, DE TOUTE FAÇON.
TU VEUX QUE JE TE LA PAYE ?
ON POURRAIT LA FAIRE LIVRER.
SI C'EST QUELQU'UN QUI TE L'ACHÈTE...
... TU SERAS OBLIGÉ DE T'EXERCER ! ♥
EUH...
Alors ?
Alors ?
AAH...
TIENS ?
TU ES ENCORE VENU VOIR CETTE GUITARE ?
TU VEUX TESTER LE SON ?

¥57.000
QU'EST-CE QUE...
... TU VAS ACHETER ?
RIEN DU TOUT.
¥68.000
JE NE FAIS QUE REGARDER.
OOOH !
ELLE EST TROP CLASSE.
ET COMMENT !!

TU VAS QUELQUE PART ?
AVEC TES POIREAUX...
EUH...
À LA BOUTIQUE DE CD...
JE DOIS LIVRER LES POIREAUX.
DIS...
JE PEUX VENIR AVEC TOI ? ♪
HEIN ?
QUOI ?
QU'EST-CE QUI T'ARRIVE ?!
FROTTE
FROTTE
MIAOUUUU
SHKAC
HEIN ?
C'EST ICI ?
MAMA
STAGE SE
DLING
CE N'EST PAS UNE BOUTIQUE DE CD...
Y EN A UN PEU, LÀ...

JE N'EN AI PAS LA MOINDRE IDÉE, MAIS JE SUIS DÉSOLÉ.
MA TÊTE EST COMPLÈTEMENT VIDE EN CE MOMENT.
TU POURRAIS M'EXPLIQUER ?
EN TOUT CAS, JE M'EXCUSE.
MAIS NON...
JE NE SUIS PAS FÂCHÉ.
MENTEUR.
C'EST LA VÉRITÉ !
GRRR
AAARGH

.....
TU ES ENCORE FÂCHÉ ?
QU'EST-CE QUE J'AI FAIT ?

.....
TIENS ?
C'EST LUI ?
OU PAS ?
Poireaux.
HÉ HOOO !
MIOOO !

Ci-contre, l'état de l'écrivain après avoir terminé son manuscrit :
ET VOILÀ !
LIVRAISON EXPRESS AVEC PAYEMENT À LA RÉCEPTION, C'EST BIEN ÇA ?
MERCI BEAUCOUP !!
AAH... ?
AHAH ♥
IL...
IL FAIT CHAUD, DEHORS...
CUI
CUI
DEPUIS QUAND C'EST LE PRINTEMPS... ?

Ci-dessous, quelques exemples de l'état d'un écrivain avant de rendre son manuscrit

QU'EST-CE QUE J'AI ENCORE FAIT ?
JE N'EN AI PAS LA MOINDRE IDÉE.
IL AVAIT L'AIR TRÈS EN COLÈRE, EN TOUT CAS.
MAIS BON...
IL FAUT QUAND MÊME QUE JE TRAVAILLE...
SCRITCH
SCRITCH
SCRITCH
.....
SCRITCH
PFF...
J'ESPÈRE QUE C'EST VRAIMENT INTÉRESSANT, CE QUE J'ÉCRIS...
CRSH !
.....
LA RÉDACTRICE...
... M'A DIT...
... QUE C'ÉTAIT BIEN.
SCRITCH
SCRITCH
ELLE M'A DIT...
... QUE C'ÉTAIT BIEN !
SCRITCH
SCRITCH
SCRITCH
SCRIIITCH
SCRITCH

JE CROIS QUE J'AVAIS BESOIN D'ÊTRE ENCOURAGÉ, EN FAIT...
AHAH
AHAH
Hein !?
Non, je rigole ! C'est une blague !
Ahah !
Ahah !
BIP
TUUUT
TUUUT
KAKI
OOOH
LES ÉCRIVAINS UN PEU NAÏFS...
... C'EST CE QUI NOUS MOTIVE LE PLUS !!
ÇA NOUS DONNE ENVIE DE NOUS DÉMENER !
NON...
IL M'A SEMBLÉ BIZARRE.
MIOM
MIOM
SRRRP
JE...

D'ACCORD...
PARDON.
KSHH
KSHH
JE VAIS DEMANDER À LA RÉDACTRICE.
KSHH
KSHH
KSHH
LA SAISON DES KAKIS
J'AI LU TON FAX...
C'EST... UNE VERSION
TOTA-LEMENT RÉVISÉE, N'EST-CE PAS ?
RÉDACTION
C'EST RARE QUE TU NOUS DEMANDES CONSEIL !
TU ES ENFIN MOTIVÉ ?
BIEN !
C'EST PLUTÔT PAS MAL !!
KAKI

J'AI RÉVISÉ MON MANUSCRIT, J'AIMERAIS QUE TU LE LISES POUR ME DONNER TON AVIS...
KSHH
KSHH
S'IL TE PLAÎT...
DADADAAA
TU VEUX...
DADADAAA
NEKO NEKO hun De Nai NEKO PAUPAU APPLE
NEKO!! NEKO!! hun De Nai
Shirt Shirt Shirt NEKO NEKO Hunde nai
KSHH
KSHH
... BIEN ?
TU NE VOIS PAS...
DO DOM
... QUE JE SUIS OCCUPÉ !?
Pau Pau

GRRR
ÇA ME GONFLE !
DIS...
KSHH
KSHH
MIO...
TIENS...
KSHH

TU N'ES PAS D'ACCORD ?
SI, ÉVIDEMMENT QUE JE SUIS D'ACCORD.
MAIS QUAND MÊME...

QU'EST-CE QUE JE POUVAIS FAIRE D'AUTRE ?
Je n'ai rien contre toi, hein !
JE LE CONSIDÉRAIS COMME UN AMI.
Je ne suis pas de ce bord, moi.
Désolé...
JE N'AVAIS PAS L'INTENTION D'ALLER PLUS LOIN ET, DE TOUTE FAÇON, JE N'AURAIS PAS PU.
JE N'AVAIS PAS D'AUTRE CHOIX QUE DE LE TRAITER NORMALEMENT.

SMILE
ALORS, JE NE SUIS PAS UN TYPE BIEN ? ♪
TU TROUVES ?!!
POURQUOI ÊTRE SI GENTIL AVEC LUI...
... ALORS QUE TU LUI AVAIS CLAIREMENT DIT QUE CE NE SERAIT PAS POSSIBLE !?
IL NE M'A JAMAIS FAIT DE DÉCLARATION.
Tu te sens encore mal ?
SI JE L'AVAIS REPOUSSÉ...
Tu devrais aller à l'infirmerie...
... ÇA AURAIT ÉTÉ ENCORE PLUS DUR POUR LUI.
Tu es tout rouge.

Enfin bon...
Ce n'est pas surprenant.
SBAM
ガタッ
HEIN !?
C'EST QUOI, ÇA !?
HEIN ? BEN, UN SOUVENIR DU LYCÉE...
QUOIII !?

Ça me sauve la vie.
C'est beaucoup plus facile ainsi.
La vie...
Bon...
Sur ce, je vais y aller.
Hmm...
... a l'air terriblement pénible, pour lui.
Au fait...
Pourquoi tu es si distant avec moi ?

KATAM
Ne t'en fais pas pour moi.
Je vais bien.
FSHHH
Tu es sûr ?
AU...
Au fait, merci.
Hein ?
Tout à l'heure...
Merci d'avoir fait comme si tu n'étais pas au courant pour moi.
KATAM

C'est pas comme ça que tu vas t'intégrer.
Tu veux être discret mais à force de lire toute la journée, au contraire, tu te fais remarquer.
Uh...
Ah...
Euh...
Hein ?
HAN
HAN
Tout va bien ?
POOOH
Uh...
Le train entre en gare…
Oui...
CRIII
CRIII

C'était quoi, ce bruit ?
Peut-être Hashimoto qui épiait notre conversation ?
HA HA HA
Hein ?
STAP
STAP
STAP
N'importe quoi.
Puis de toute façon, on n'a rien dit de mal.
POOOH
CRIII
CRIII
Le train est en approche…
PAAAH
Tu sais...

Vous étiez dans la même école tous les deux, non ?
Et alors ?
Ben, t'es au courant de rien ?
Non...
On n'a jamais vraiment beau-coup parlé.
Je sais qu'il aime les livres...
... et puis c'est tout.
SHKAC
Hm ?

Dites ! Vous ne trouvez pas que parfois...
... Hashimoto ressemble un peu à une fille ?
Hein ?
Pas trop, non.
Mais il est bizarre...
.....
Il passe son temps plongé dans ses romans...
... et ne parle pratiquement jamais à personne.
#11
L'étranger du zéphyr
Ah, au fait !
Il parait qu'il y avait des rumeurs comme quoi il était gay, au collège.
Sérieux ?
Ouais, c'est ce que les filles racontent.

SNIF
VOILÀ.
C'EST BIEN.
SNIF
TU VEUX DU PUDDING ?
J'AIME PAS LE PUDDING.
UNAGI
HEIIIN !?

SNIF
SNIF
プリン
TSS !
SNIF
SNIF
QU'EST-CE QU'ON DIT, CHIHO ?
SNIF
SNIF
MERCI...
SNIF

TU LE VEUX ?
TIENS.
.....
.....
TU PRÉFÈRES UN MOUCHOIR EN PAPIER ?
NON. TON MOUCHOIR, ÇA IRA.
TU ES SÛRE ?

MAMAN M'AVAIT DIT...
... QU'ELLE VIENDRAIT AUJOURD'HUI !
ELLE ME L'AVAIT PROMIS !
AAH...
LAISSE.
LES FILLES ONT LE DROIT DE PLEURER.
JE CROIS QUE C'EST INSTINCTIF CHEZ ELLES.
PAF
AÏE !

SI ON ESSAYAIT DE S'ENTENDRE AUSSI BIEN QU'EUX ?
TA MÈRE EST TRÈS OCCUPÉE, ON NE PEUT RIEN Y CHANGER.
TU VEUX BIEN ?
MAMAN...

PFFF, JE SUIS CREVÉ.
JE VAIS MANGER UN PEU, MOI AUSSI.
OUAIS !
TIENS, MANGE !
ALORS, C'EST BON ?
TROP BOON !
BLABLA
ALLEZ, GROS FLEMMARD !
BLABLA
FERMEZ-LA UN PEU.
IDIOT !
FLEM-MARD !
OUAIS. FLEM-MARD !
DIS, CHIHO...
TU VEUX DE L'OUR-SIN ?
DE L'OUR-SIIIN !

ILS EN METTENT DU TEMPS À RENTRER...
UUUH
J'ESPÈRE QUE TOUT VA BIEN.
OOH !
JE VEUX ÇA !!
CRSH
CRSH
CRSH
CRSH
LEQUEL !?
SHUN !
L'ONIGIRI À LA CREVETTE !
ALLEZ ! PRENDS-LE !!
L'ONIGIRI À LA CREVETTE.
GSHHH
TU N'AS QU'À LE COMMANDER AVEC UN PAPIER...
OH ?
TU AS ENFIN PARLÉ.
QUOI...

EH BEN ÇA ALORS !
ON PEUT DIRE QUE VOTRE MÈRE EST INCROYABLE !
HEIN ?
BEN C'EST VRAI.
À BIEN Y REGARDER, VOUS ÊTES TOUS DES ÉTRANGERS, LES UNS POUR LES AUTRES
ATCHOUM !!
HAAAN
HAAAN
HAN
WOUF
HAN
HAN

AAH...
EH...
EH BIEN...
MIO HABITE AVEC NOUS !
AH BON...
AH BON !?

TU VAS TE DÉCIDER À OUVRIR LA BOUCHE UN JOUR ?
J'AI L'IMPRESSION D'ÊTRE LE SEUL À PARLER, ICI.
AH...
タコ
泊たこ
OUAIS...
POURQUOI...
... AS-TU AMENÉ...
... UN AMI À LA JOURNÉE PORTES-OUVERTES ?
とりっちょ

VOUS AVEZ VU ?
EN TANT QUE PÈRE AU FOYER...
PFFF
... JE NE SUIS ABSOLUMENT PAS RESPECTÉ.
OH LÀ LÀ...
JE COMPATIS
TU N'IMAGINES MÊME PAS.
Toujours zéro réaction.
OH, ÇA VA.
MAIS MERCI.
230円
BON...
HÉ HO !
HASHIMOTO !

PEU IMPORTE QUE TU SOIS ADOPTÉ OU NON, LE PRINCIPAL C'EST DE VIVRE EN S'AMUSANT.
C'EST PAREIL POUR MOI.
COSMO
HM ?
MA BELLE FAMILLE M'A ADOPTÉ.
EN PLUS, MA FEMME EST DIVORCÉE...
... ET ELLE AVAIT DÉJÀ UNE PETITE FILLE.
REGARDEZ COMME ELLE ME DÉTESTE.
SBAM
.....
AAAH !
PLIC PLIC
SPRRT
DIS DONC, CHIHO !

TEKKA
TAMAGO
.....
MIOM
MIOM
TAKO
EBI
MIOM
MIO EST SON AMI...
... ET MAMAN EST MALADE, ELLE SE REPOSE.
ザンギ
CE N'EST PAS TA VRAIE MAMAN, FUMI.
AAH, JE VOIS.
CHIHO...
TU AS UN CARACTÈRE DE COCHON, TU LE SAIS, ÇA ?
HUMPF !
ET ALORS, OÙ EST LE PROBLÈME ?
UUGH

SANS WASABI POUR MOI !
TRÈS BIEN !
AU JAPON…
MERCI !
PFFFT !
… DE NOS JOURS…
… C'EST POSSIBLE D'ÊTRE COHABITANTS LÉGAUX POUR DES GENS DU MÊME SEXE ?
ET VOILÀ !
Il n'écoute pas.
MIAM !
HEIN ?
QUOI ?
Zéro réaction.
HEIN ?
HÉ !
SHUN !!!
REVIENS PARMI NOUS !
SHUN EST MON GRAND FRÈRE !
とりっちょ!

ON A FAIM ♥
... mes anciens camarades de classe.
IL RESTE DE LA PLACE AU COMPTOIR SI VOUS NE VOULEZ PAS ATTENDRE.
VOUS AVEZ ENTENDU ?
QU'EST-CE QU'ON FAIT ?
ÇA ME VA ! ♪
PARFAIT !
OUAIS...
PAH
GROOOWL
GROOOWL
Lui, par contre, ça n'a pas l'air de le déranger.
PRENEZ UN PAPIER.
UN PAPIER ?
POUR PASSER LA COMMANDE.
J'AI FRANCHEMENT DU MAL À COMPRENDRE...
S'IL VOUS PLAÎT !!
... LES GENS COMME LUI.
FLAP FLAP
GROOOWL
J'ARRIVE TOUT DE SUITE !

......
IL A LE REGARD VIDE...
ÇA VOUS VA, UN PETIT RESTO FAMILIAL ?
TORICCHO !
Je n'avais vraiment pas envie de revoir...
sushi toriccho
OH !
SUPER !

SI ON ALLAIT MANGER ?
Oh non...
ÇA LEUR PERMETTRA DE SE RÉCONCILIER.
UNE HUSTLER !
HM
LA CHANCE !
HM
DOOOM
Tout mais pas ça...
Par pitié...
CE SERA PLUS RAPIDE COMME ÇA.

JE SUIS DÉSOLÉ.
LES FEMMES DE LA FAMILLE ONT UN SACRÉ CARACTÈRE.
ÇA, TU PEUX ME CROIRE...
?
PA...
PARDON...
GROOWL
.....
GROOOWL
GROOOWL
OH !
C'EST DÉJÀ L'HEURE DE DÉJEUNER.

N'EN FAITES PAS TOUT UN DRAME, VOYONS !
CE N'EST QU'UNE PETITE DISPUTE ENTRE ENFANTS !
AHAHAH
HEIN ?
MAIS, CHIHO EST BLESSÉE...
OH, ELLE VA BIEN.
CE N'EST PAS GRAND-CHOSE, VOUS SAVEZ.
PROFITEZ DE LA RÉUNION...
... POUR RASSURER LES AUTRES PARENTS.
QUOI ?
D'AC-CORD...
QUANT À NOUS, NOUS ALLONS RENTRER À LA MAISON.
TRÈS BIEN...

CHIHO !
TAP
TAP
TAP
TAP
TAP
TAP
UN PEU MOINS FORT...
JE SUIS...
VLAM
... SINCÈREMENT...
... NAVRÉE !!!
JE N'EN REVIENS PAS !
.....
C'EST...
C'EST UNE CONDUITE INADMISSIBLE !

ÇA TE FAIT MAL, ICI ?
NON, ÇA VA.
ET LÀ ?
ÇA VA.
TRÈS BIEN.
ÇA VA ALLER.
SA JOUE EST UN PEU ROUGE MAIS ÇA DEVRAIT GUÉRIR RAPIDEMENT.
PFFF
TANT MIEUX !
CHIHO...
EXCUSE-TOI AUSSI.
ALLEZ...

DIS DONC, TOI !
S...
SALUT...
OUIIIN !
OUIIIN !
GRRR
TU ÉTAIS TOMBÉ DEDANS, MA PAROLE ?!!!
OUIIIN !
OH ?
OUIIIN !
OUIIIN
BROUHAHA
QUE SE PASSE-T-IL ?
ON DIRAIT QUE NOS DEUX PETITS MONSTRES SONT DANS LA MÊME CLASSE !
OUIIIN
OUIIIN
OUIIIN
OUIIIN
OUIIIN
HEIN ?
BROUHAHA
UNE DISPUTE ?

C'EST BIEN.
TU ES TRÈS COURAGEUX.
OUIIIIIN !
EXCUSE-LE...
EST-CE QUE TU VAS BIEN ?
...
ON FERAIT MIEUX D'ALLER À L'INFIRMERIE...
OUIIIN !
OUIIIN !
OUIIIN !
....!

INTER-DICTION FOR-MELLE...
... DE LEVER LA MAIN SUR UNE FILLE !!
HMM...
UUUH...
NNGH...
JE SUIS...
3
... DÉ...
... DÉSOLÉÉÉ !
UNAGI

ÇA SUFFIT !!
EXCUSE-TOI, FUMI !!!
PAF
AÏEUH !
UN HOMME...
... NE DOIS JAMAIS...
... FRAPPER...
... UNE FEMME !!!
MAIS...
TU VIENS BIEN DE ME FRAPPER !
AAAARGH
TL...
LES HOMMES...
... SONT PLUS ROBUSTES !!!

EXCUSE-TOI.
NON...
FUMI !
JE VEUX PAS !
CHIHO... EST-CE QUE ÇA VA ?
EXCUSE-TOI TOUT DE SUITE !
JE VEUX PAAAAAS !!

Hmmm...
Tu trouves ?
HÉHÉ
HÉHÉ
FUMI...

C'est un joli prénom.
C'est vrai ?
C'est la directrice de l'orphelinat qui l'a choisi !
On m'a trouvé dans un colis à la poste.
C'est pour ça que...
C'est terrible !
?
Ah bon ?
Tu es très courageux pour un garçon de ton âge.
HEIN ?
Ah oui !?

Et la réception sur le petit doigt.
POF
Tu as fait toutes les figures !
Trop géant !!!
.....
T'es trop fort, M'sieur !!!
Où sont tes amis ?
Hein ?
Ah, j'avais envie d'être tout seul aujourd'hui.
Comment t'appelles-tu ?
Moi, c'est Fumi !
YEAH !
YEAH !

.....
PAAAH
TAC
J'ai aussi un yoyo !
FOUILLE
FOUILLE
TAC
TAC
TAC
La Petite Assiette...
OH !
La Grande Assiette...
TAC
TAC
L'Assiette Centrale...
TAC
TAC
LE... TAC
Le Tour du Monde !
TAC
L'avion ...
TAC
TAC
Le Phare...
Le Rossignol...
TAC
TAC

On peut dire ça, oui.
Les journées sont très longues...
... quand on ne travaille pas.
HOP
Tu veux...
TADAAAM
... jouer un peu ?

Dis, monsieur.
#10
L'étranger du zéphyr
Et ton travail ?
T'y vas pas ?
Tu lis toujours un livre, ici.
Tu t'ennuies ?

れいに
つかいましょう

UUH...
UUUUH...
UUH...
GNNH...
OUIIIIIIN !!

ぱんっ
PAF
OOH !
UH...
UUUH...
UUH...

FUMI ?
HÉ...
ATTENDS...

MA FAMILLE N'A RIEN DE BIZARRE.
ET IL N'Y A RIEN DE FAUX !
ET MÊME SI C'EST UN PEU BIZARRE, EH BEN ÇA L'EST QUAND MÊME PAS !!
C'EST TOI QUI MENS.

C'EST UNE FAMILLE TROP BIZARRE, TOUT EST FAUX !
C'EST MÊME PAS VRAI !
ET ÇA VAUT POUR TOI AUSSI, FUMI.
TU N'ES MÊME PAS UN MEMBRE DE LA FAMILLE HASHIMOTO.
T'ES RIEN D'AUTRE QU'UN ENFANT DE L'ORPHELINAT HIMAWARI !

PEUT-ÊTRE, MAIS CE N'EST PAS SON VRAI FRÈRE !
C'EST RIEN QUE DES MENSONGES !
CHIHO !
ÇA SUFFIT !
SON FRÈRE...
... SA MÈRE, TOUTE SA FAMILLE !

COMMENT ÇA SE FAIT...
... QU'UN ÉTRANGER SOIT VENU ?
HEIN ?
CHIHO !
JE NE FAIS QU'ACCOMPA-GNER.
LE FRÈRE DE MIO EST LÀ, LUI AUSSI.
IL EST AUX TOILETTES.

CHIHO ?
TA MAMAN NON PLUS N'A PAS PU VENIR, MIO ?
NON...
ELLE EST MALADE.
SOURIONS...
MAIS MON FRÈRE EST VENU À SA PLACE !
MÊME S'IL EST RESTÉ AUX TOI...
C'EST LA JOURNÉE DE VISITE DES PARENTS...

TU M'AS FAIT PEUR !
ARRÊTE UN PEU.
AHAHAHAH !
T'ES TROP BÊTE !
HA HA
MIO...
... IL EST TROP BÊTEUH !
LALA-LÈÈÈRE !
HA HA HA
J'AI TOUJOURS ÉTÉ NUL EN CALCUL.
T'ES TROP BÊTE ! ♥
QUEL IDIOT ! ♥
AH AH AH
C'EST BON, T'AS GAGNÉ.
C'EST VRAI, OUI !
EXCUSE-MOI D'ÊTRE UN CRÉTIN.
AH HA HA HA

ELLE A EU UN IMPRÉVU AU TRAVAIL.
ELLE S'EXCUSE.
POURQUOI TU ES VENU ?
TU N'ÉTAIS PAS OBLIGÉ !
Ouah !
TU SAIS...
JE SUIS QUAND MÊME TON PÈRE.
Pas facile à encaisser...
OUARGH !
CRSH
SBOM
MOOOOO !!

JE SUIS...
PFFFF
... COMPLÈTEMENT VANNÉ.
SHUN COMPTE PASSER LE RESTE DE SA VIE AUX TOILETTES OU QUOI !
AH LÀ LÀ !
À MOINS QU'IL NE SOIT PARTI ?
CHIHO...
ALLEZ, NE FAIS PAS LA TÊTE.
PARLE-MOI, S'IL TE PLAÎT.
.....
OÙ EST MAMAN ?

ET IL ME SEMBLE QUE TON GRAND FRÈRE DEVRAIT SE RESSAISIR UN PEU !
DOM
OUI...
WA HA HA
WA HA HA
RES-SAISIS-TOI !
IDIOT !
IL EST MARRANT, SON FRÈRE.
DOOOM
RES-SAISIS-TOI !
IDIOT
JE NE TROUVE PAS.
3 X 5 ?
ÇA FAIT 15...
LES ENFANTS, UN PEU DE SILENCE.
WA HA HA
WA HA HA
WA HA HA

Enfin !
Ça fait 15 !
DOM
Quel idiot !
Ahahah !
Maintenant, passons à la suite du calcul.
WA HA HA
AAAARGH
WA
Combien font 15 + 3 ?
HAHA
Hmm...
TAC
SMILE
Très bien !

QUOI ?
FIXE
3 X 5 ?
5
RÉFLÉCHIS TOUT SEUL
3....
5....
BOBOM
HEIN ?
UH...
BOBOM
35
3....
ET....
BOBOM
8 !!
35353
BOBOM
8 ?

HMM...
ÇA FAIT 30 ?
RATÉ
IDIOT
TU NE SAIS PAS ?
EUH...
5
3 + 3 × 5 = ?
COMMENCE PAR LA MULTIPLICATION.
COMBIEN FONT 3 X 5 ?
HEIN ?
ALORS ?
HEIN ?

MOI !
MOI !
KOBAYASHI...
VOYONS...
MOI !
MOI !
KAMINARI, ET...
MOI !
MOI !
MOI !
ET ENFIN...
HASHIMOTO !
SHKLANG
GÉNIAL !
JE PEUX LE FAIRE ! ♥
3 + 3 × 5 =
HMM...
HMM...
ALORS, VOYONS VOIR...

Hashimoto !
Une petite seconde...
La classe 2 ?
AAARGH
Ils sont dans la même classe !!
Fumiii !
2e ANNÉE 2
BIEN !
PROBLÈMES SUIVANTS...
MOI !

DAAANG
AH !
MINCE !
Comment aurais-je pu t'oublier !?
JE PARS DEVANT.
MA FILLE EST DANS LA CLASSE 2.
ON SE RECROISERA PLUS TARD.
Quoi !?
On se recroisera ?
Plus tard ?
PAS QUESTION !

DOOONG
HASHIMOTO ?
DAAANG
TU N'AS PAS CHANGÉ !
ZWOUUUP
DOOONG
CRIII
ON VOIT QUE TU AS VIEILLI, MAIS...
CLAC !
SHKLANG
HEIN !?
HÉ !
BOBOM BOBOM
JE SAIS QUE C'EST TOI, HASHIMOTO. TU NE ME RECONNAIS PAS ?
J'y crois pas !

Et voilà !
.....
Mon pire cauchemar s'est réalisé.
DIIING
....

CE..
CE N'EST NI LE LIEU...
DAAANG
... NI LE MOMENT DE ME DÉGONFLER.
DOOONG
Tout allait un peu trop bien ces derniers temps.
JE VEUX RENTRER...
DIIING
Je sentais bien que ça allait foirer quelque part.
PFFF
J'AVAIS VU JUSTE.
SNIF
JE SUIS DANS LA MERDE !
SANS MAUVAIS JEU DE MOTS.

ZWIP
C'EST TON PÈRE OU TA MÈRE QUI VIENT ?
HEIN ? LEQUEL ?
DAAANG
AUCUN, ILS SONT TROP OCCUPÉS.
HMM...
DOOONG
SHKAC
ALLEZ LES ENFANTS !
TOUT LE MONDE À SA PLACE !
OUAIIS !
LA PROF !
DOOONG
HEIIIIIN !?
DIIING
GRAND FRÈÈÈÈÈRE !
ALLEEEZ !
RAAAH !
DÉPÊCHE-TOI DE FINIR TON CACA !!!!

C'EST TROP GÉNIAL !
HAPPY
HA HA HA
HAHAHA !
ほけんだより
ILS SONT BRUYANTS.
キーン
DIIING
CHIHO !
BLA BLA
BLA BLA
コーン
DOOONG
CLANK
ET TOI, CHIHO ? TA FAMILLE ?
BLA BLA

C'EST TON FRÈRE ?
NON. LUI, C'EST MIO !
BROUHAHA
AH BON...
ALORS C'EST LUI, MIO.
EH OUI !
T'ES VRAIMENT BIZARRE...
... D'AIMER À CE POINT LA JOURNÉE OÙ LES PARENTS VIENNENT À L'ÉCOLE.
HEIN ?
BEN QUOI !
TOUTE LA FAMILLE PEUT VENIR !!

NON... MAMAN EST PEUT-ÊTRE MALADE.
OOH...
UNAGI
BLABLA
HOP
BLABLA
AH !
C'EST MIO !
COUCOU !
OÙ EST MAMAN ?
ELLE A DE LA FIÈVRE.
TU ES VENU TOUT SEUL ? ET MON FRÈRE ?
ON EST VENUS ENSEMBLE, IL EST AUX TOILETTES.
IL NE SORTAIT PAS DONC JE NE L'AI PAS ATTENDU.
IL FAIT CACA !?
DOM

OH...
DES TOILETTES...
JE VAIS Y PASSER.
BLABLA
Maman !
......
TU LA VOIS ?
BLABLA

JE TE RAPPELLE...
... QUE JE FRÉQUENTAIS CETTE ÉCOLE, MOI !
J'AI GRANDI ICI !
LA DERNIÈRE CHOSE DONT J'AI ENVIE...
... C'EST DE TOMBER SUR D'ANCIENS ÉLÈVES DE MA CLASSE.
CE N'EST PAS POUR RIEN QU'ON PASSE PAR DERRIÈRE.
C'EST CENSÉ ÊTRE UN DÉGUISEMENT ?
PERSONNE NE SERA DUPE.
STAP
STAP
AH !
DES TOILETTES !
STAP
men
JE PEUX ?
STAP
JE DOIS AUSSI Y ALLER.

UNE VOITURE ?
OUI, UNE CLASSIC-CAR.
DOOOM
IL VA FALLOIR QUE JE ME METTE À LA MÉCANIQUE.
JE NE VAIS PAS POUVOIR L'ACHETER TOUT DE SUITE...
... MAIS J'ESPÈRE L'AVOIR D'ICI MES 30 ANS...
AU FAIT...
POURQUOI TU PORTES TES LUNETTES ?

HMM...
SI ON VEUT.
STAP
AH BEN TU VOIS, QUAND TU VEUX.
ALORS ?
STAP
OUI, IL Y A BIEN QUELQUE CHOSE...
STAP
... MAIS JE L'ACHÈTERAI MOI-MÊME.
QU'EST-CE QUE C'EST ?
EUH...
STAP
UNE MITSUBISHI JEEP J24.

L'étranger du zéphyr #9

Chapitre #9..................007
Chapitre #10.................039
Chapitre #11.................073
Chapitre #12.................127
Épisode supplémentaire.........184

L'ÉTRANGER DU ZÉPHYR 3

*

KII KANNA

Histoire

Shun, jeune écrivain en herbe, a rencontré Mio lorsqu'il vivait sur une petite île d'Okinawa. Au fil du temps, les deux garçons se rapprochent et entament une relation amoureuse. Lorsque Sakurako, son amie d'enfance, lui apprend que son père est malade, Shun décide à contrecœur de rentrer chez lui, à Hokkaido, en embarquant son petit ami avec lui. Un évènement en entraînant un autre, Shun et Mio décident de s'installer là pour un petit moment et profitent de leur nouvelle vie de famille. Mais aujourd'hui, c'est la journée de visite des parents à l'école primaire de Fumi. Sa mère étant malade, Shun s'y rend avec Mio mais redoute d'y croiser d'anciennes connaissances…

Personnages

Mio Chibana

C'est le petit ami de Shun. Originaire d'Okinawa, il vivait seul avec sa mère. Malheureusement, elle est décédée lorsqu'il était au lycée et c'est à cette époque qu'il a rencontré Shun.

Shun Hashimoto

Jeune écrivain originaire d'Hokkaido, il était fiancé à Sakurako, son amie d'enfance, mais a avoué qu'il était gay le jour du mariage et s'est enfui de chez lui. Il a coupé les ponts avec sa famille durant plusieurs années.

Sakurako

Amie d'enfance et ex-petit amie de Shun, elle a prétendu que son père était malade pour le faire revenir à Hokkaido.

Fumi Hashimoto

Âgé de 7 ans, c'est le petit frère de Shun. Il a été adopté quand ce dernier était déjà parti à Okinawa. Il semble très attaché à Sakurako.

Les parents de Shun

Ils ont été très choqués lorsque leur fils leur a avoué être gay, le jour de son mariage, avant de quitter la maison. À présent, ils apprennent à connaître Mio et l'acceptent petit à petit dans la famille.

Les animaux domestiques de la famille Hashimoto.

« Poco » est un berger des Shetland mâle. Le chat est typiquement japonais et s'appelle « Tama ». C'est une femelle noire et blanche.

L'ÉTRANGER DU ZÉPHYR 3

KII KANNA

Hana COLLECTION